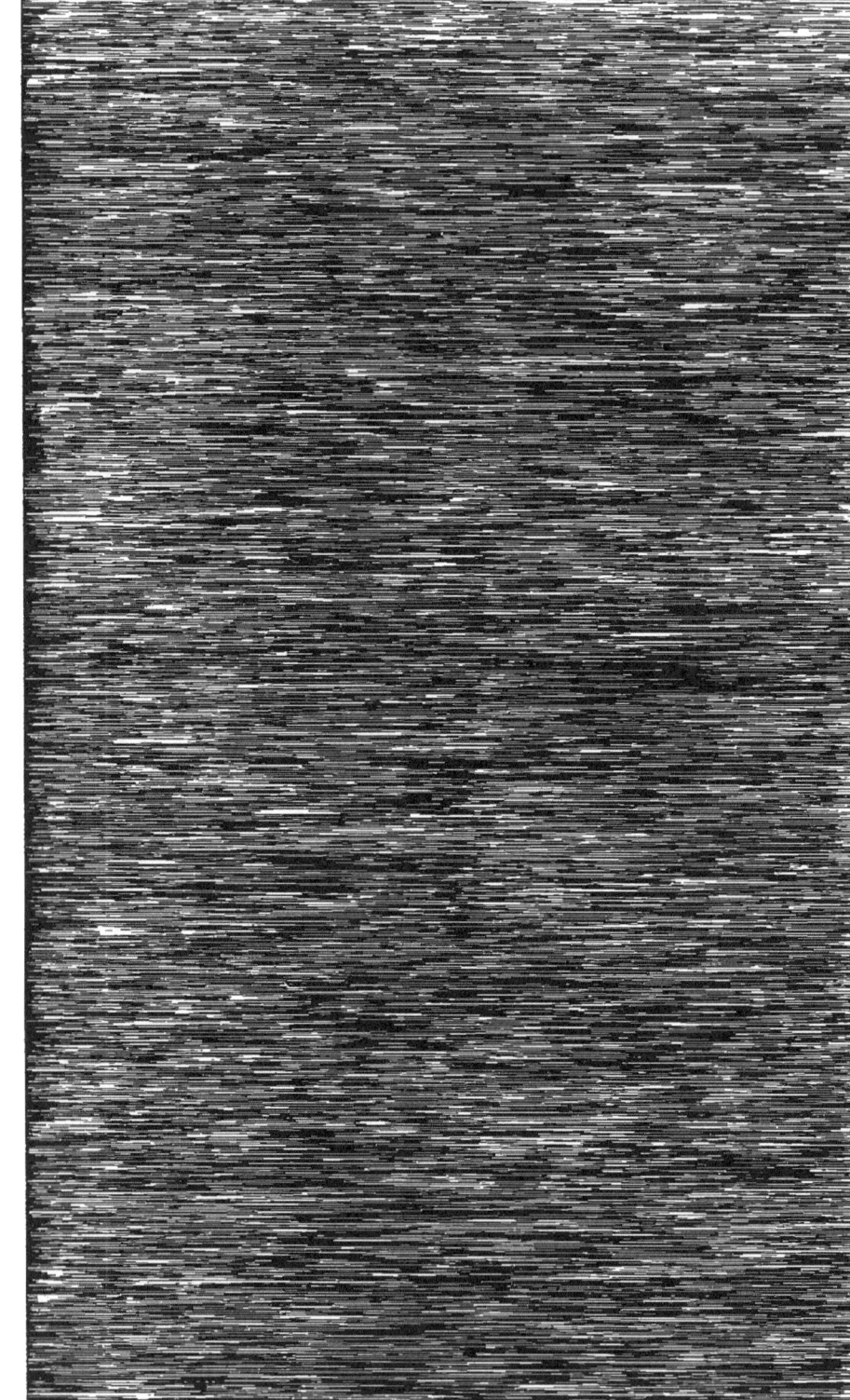

MÉMOIRE DESCRIPTIF

DE LA

CHAUSSURE FRANÇAISE

EN GUTTA-PERCHA

PAR

NAPOLÉON GAILLARD.

NEUILLY

IMPRIMERIE DE A. POILLEUX

PLACE DE LA MAIRIE.

1858.

MÉMOIRE DESCRIPTIF

DE LA

CHAUSSURE FRANÇAISE

EN GUTTA-PERCHA

PAR

NAPOLÉON GAILLARD.

NEUILLY

IMPRIMERIE DE A. POILLEUX

PLACE DE LA MAIRIE.

1858.

MÉMOIRE DESCRIPTIF

DE LA

CHAUSSURE FRANÇAISE

EN GUTTA-PERCHA.

———————

Addition et perfectionnement, 5 Mars 1856.

———————

CHAPITRE PREMIER.

———————

Par l'addition ou le perfectionnement suivant, sur le brevet principal pris au nom collectif de WEISFLOG, RAY et GAILLARD, le 5 novembre 1851, et le brevet de perfectionnement demandé le 5 novembre 1852, mon intention n'est pas de constituer une nouvelle chaussure. Mon but, dans cette addition, est de compléter d'une manière claire, précise et définitive tout ce que l'expérience et la pratique de trois années m'ont donné d'utile, de nécessaire et d'indispensable pour la confection de cette nouvelle chaussure. Je déclare donc ne rien changer aux procédés qui ont fait l'objet des brevets d'invention et de perfectionnement susmentionnés. Je désire au contraire faire connaître que je les conserve intacts dans leur base primitive, et que c'est de leur développement que je prétends m'occuper ici.

———————

CHAPITRE DEUXIÈME.

Rendre la chaussure légère, imperméable, agréable à la marche et d'une solidité à toute épreuve, tout en lui donnant une élégance remarquable, voilà le problème qu'il y avait à résoudre et que j'ai résolu.

Mon invention est essentiellement basée sur deux points principaux :

1° Ma chaussure se recommande surtout à l'intérieur, c'est-à-dire entre les deux semelles et l'empeigne, par la solidité et l'imperméabilité ;

2° A l'extérieur, c'est-à-dire en dessous de la semelle et du talon, par l'élégance du fini et la beauté de la confection.

Rendre la chaussure légère, imperméable, agréable à la marche, et d'une solidité à toute épreuve, tout en lui donnant une élégance remarquable, voilà le problème qu'il y avait à résoudre et que jai résolu,

Pour rendre ma description bien intelligible et permettre de suivre, degré par degré, l'explication complète de ma fabrication, j'ai divisé ma description en deux parties distinctes.

La *première partie* comprend la légende explicative des dessins ci-annexés, représentant chaque genre de chaussure.

La *deuxième partie* comprend la description complète du mode de confection de chaque chaussure.

CHAPITRE TROISIÈME.

Comme mon invention embrasse plusieurs genres de chaussures obtenus par des procédés qui diffèrent les uns des autres, je vais les classer par numéros d'ordre, et je donnerai sur chaque chaussure un détail très-précis du mode de confection, en faisant remarquer les parties essentielles pour lesquelles je revendique le privilége exclusif et absolu.

Je fais cette chaussure :

1º Tout en gutta-percha ;

2º En gutta-percha pour empeigne doublée en peau et semelles en bois ;

3º En cuir ou étoffe pour empeigne, et semelle et talon en gutta-percha, soudés sans coutures ;

4º Clouée ou vissée, dessus en cuir, et semelle et talon en gutta percha, ou avec semelle en cuir soudée ;

5º Chaussure cousue rendue imperméable, en cuir ou étoffe pour empeigne, avec semelle en cuir, et cambrure et talon en gutta-percha ;

6º Empeigne et semelle en cuir, cambrure et talon en gutta-percha, sans coutures ni clous, soudés par la réunion des plaques en gutta-percha et par les pitons formés à travers les trous percés à l'emporte-pièce ;

7º Chaussure clouée, semelle et talon en gutta-percha à double semelle ou patin en cuir, cloué ou vissé

CHAPITRE QUATRIÈME.

PREMIÈRE PARTIE.

LÉGENDE EXPLICATIVE DES DESSINS CI-ANNEXÉS.

Figure 1re.

Semelle et patin en cuir percés à l'emporte-pièce, prêts à être soudés sur la gutta-percha.

A Surface de la semelle.
B Trous percés à l'emporte-pièce.
C Partie postérieure qui vient se fixer sous le talon.

Détail.

J'ai représenté par la figure 1re une semelle et une demi-semelle en cuir taillées à la longueur du soulier et percées tout autour à l'emporte-pièce. Ces semelles ont l'avantage de résister à toutes les températures et de doubler, pour ainsi dire, la durée de la chaussure.

Comme les semelles en gutta-percha sont susceptibles de se ramollir au contact de la chaleur, je fais usage de préférence des semelles ou patins en cuir dont je viens de parler, pour les chaussures d'hiver et de chasse, qui parent ainsi à cet inconvénient.

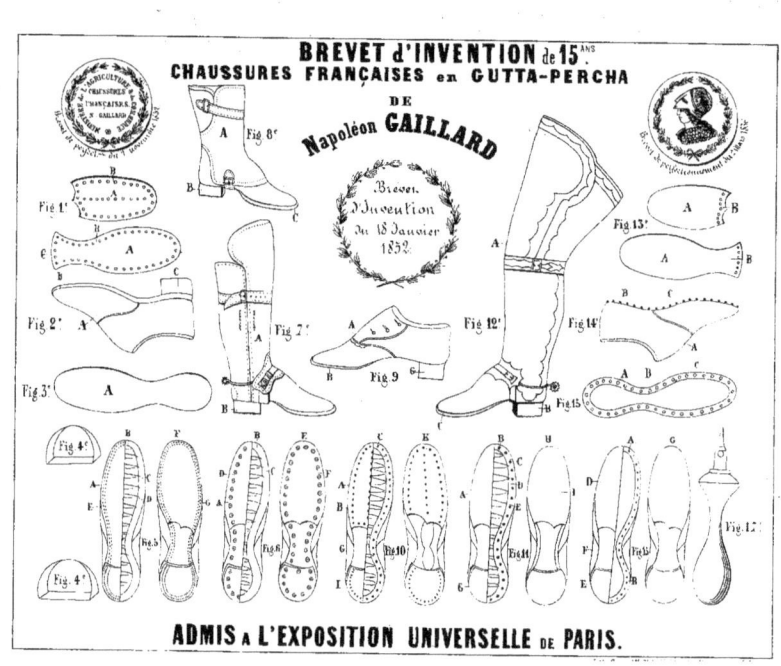

BREVET d'INVENTION de 15 ANS.
CHAUSSURES FRANÇAISES en GUTTA-PERCHA
DE
Napoléon **GAILLARD**

Brevet d'Invention du 18 Janvier 1852.

ADMIS à L'EXPOSITION UNIVERSELLE de PARIS.

Figure 2.

Soulier, semelle et talon en gutta-percha, soudés bruts.

A Empeigne en cuir.
B Épaisseur de la semelle en gutta-percha.
C Talon en gutta-percha d'une seule pièce, soudé brut.

Détail.

J'ai représenté par la figure 2 un soulier en cuir dont la semelle et le talon en gutta-percha sont soudés bruts, tel qu'il est lors de la fabrication. J'ai voulu faire ressortir par là que la gutta-percha, quoique ne formant plus qu'un même corps par son adhérence avec le cuir, et donnant ainsi une solidité extrême par l'effet de la soudure, n'en reste pas moins une matière brute, inégale et informe, et qu'il y a encore tout un travail pour terminer le soulier, l'unir, le polir et le rendre agréable à la vue et à la marche.

Figure 5.

Première semelle en cuir ou semelle intérieure, soudée à une plaque de gutta-percha.

A Surface de la plaque de gutta-percha.

Détail.

J'ai représenté par la figure 5 une première semelle en cuir taillée, ajustée à la largeur de la forme et soudée à une plaque de gutta-percha. C'est ainsi que sont préparées indistinctement les semelles intérieures de tous mes genres de chaussures. Cette première en cuir a pour effet, étant en contact avec le pied du consommateur, de le garantir de la transpiration que pourrait occasionner l'imperméabilité de la gutta-percha. La plaque de gutta-percha qui se trouve soudée dessus a pour effet :

1° De réunir l'empeigne à la première en la soudant sur ses bords ;

— 8 —

2° De former les pitons de gutta-percha à travers les trous faits à l'emporte-pièce ;

5° De souder sur sa surface la semelle intérieure à la semelle extérieure en gutta-percha, et d'*imperméabiliser* ainsi l'intérieur des semelles.

Figure 4.

Moules en tôle pour faire les talons en gutta-percha.

Détail.

Ces moules d'une simplicité extrême ne sont en partie qu'une enveloppe de la surface de la lice du talon. Ils ont pour effet d'abréger le travail de l'ouvrier et d'économiser la matière. A cet effet, je dépose les débris de gutta-percha dans l'eau bouillante; j'en forme une pâte que je dépose dans lesdits moules, qui me servent d'enveloppe et retiennent ainsi la pâte de gutta-percha, que je presse avec les doigts seulement, ayant préalablement déposé le moule sur une surface plane quelconque. Le talon, ainsi formé et une fois refroidi, sort du moule un peu brut, mais ayant la forme voulue pour être soudé sur le soulier et pour être terminé ensuite au tranchet et à la lime. Six de ces moules de différentes grandeurs suffisent à la fabrication de toutes les chaussures en général.

Figure 5.

Souliers cloués, semelles et talons en gutta-percha.

A Surface de la moitié de la semelle extérieure en gutta-percha.

B Partie de l'empeigne renversée qui vient se souder sur la plaque en gutta-percha de la semelle intérieure.

C Surface de la plaque intérieure en gutta-percha.

D Faufil en guise de lacet, qui sert à maintenir l'empeigne lorsqu'on soude les semelles.

E Pointes en cuivre ou en fer qui réunissent le bord de l'empeigne à la semelle.

F Soulier terminé à la lime.

G Surface unie de la semelle en gutta-percha.

FIGURE 6.

Souliers à vis, avec semelles et talons en gutta-percha.

A Surface de la semelle en gutta-percha coupée par le milieu.

B Empeigne renversée retenue par son faufil en forme de lacet.

C Surface de la plaque intérieure en gutta-percha.

D Vis qui servent à assujettir la semelle aux bords de l'empeigne.

E Soulier terminé à la lime.

F Surface de la semelle en gutta-percha, polie à la lime.

Détail.

J'ai représenté par les figures 5 et 6 des souliers cloués et vissés, dont les dessus sont en cuir et les semelles et talons en gutta-percha,

Je donne dans ces dessins deux souliers terminés, un cloué et un vissé, afin de démontrer que les semelles et les talons en gutta-percha bruts, une fois polis et finis par la main de l'ouvrier à l'aide du tranchet et de la lime, comme je l'indique plus loin, présentent une surface unie et une tournure gracieuse et élégante,

Par le dessin des deux autres souliers, j'ai voulu représenter la semelle et le talon coupés par le milieu, afin qu'on puisse apercevoir comment est construit l'intérieur des deux semelles. Ici on aperçoit les bords de l'empeigne renversés ; mais il n'y a point de trous faits à l'emporte-pièce ni par conséquent de pitons en gutta-percha qui la traversent. En voici la raison : c'est que les pointes ou les vis que l'on aperçoit tout autour sont destinées à remplacer les pitons en traversant de la semelle extérieure l'empeigne, et allant se river à la semelle intérieure. Mais la semelle extérieure, soit qu'elle soit en *cuir* ou bien en *gutta-percha*, ne s'en trouve pas moins soudée sur toute sa surface à la plaque intérieure de gutta-percha, comme sont adhérents à la même plaque les bords de l'empeigne renversés, retenus par son faufil de travers en travers.

FIGURE 7.

Botte imperméable pour la chasse, semelle et talon en gutta-percha, soudés sans coutures.

A Tige en cuir fort, rendue entièrement imperméable à l'intérieur, par une dissolution de gutta-percha chaude.

B Talon en gutta-percha, d'une seule pièce, soudé à l'empeigne sans coutures et fini à la lime.

C Forte semelle en gutta-percha soudée à l'empeigne par l'adhésion des pitons en gutta-percha formés à travers les trous faits à l'emporte-pièce.

FIGURE 8.

Brodequin à la provençale tout imperméable, semelle et talon en gutta-percha.

A Guêtre en cuir fort, rendue imperméable intérieurement par une dissolution de gutta-percha chaude.

B et C Semelle et talon tout en gutta-percha, terminés et polis à la lime, et soudés à l'empeigne sans coutures, par l'effet des pitons en gutta-percha.

Detail.

J'ai représenté par les figures 7 et 8 une botte et un brodequin de chasse dont les tiges sont entièrement rendues imperméables par la dissolution de gutta-percha. Mon but a été de faire connaître par ces dessins qu'il m'est facile de fabriquer les chaussures fortes, de fatigue et de chasse, aussi bien que les chaussures fines en vernis ou en étoffe. Mes tiges de bottes et de brodequins en cuir fort, rendues imperméables par une dissolution de gutta-percha, comme je l'ai indiqué, deviennent ainsi mperméables, parce que la gutta-percha, qui pénètre les pores de la peau, se soude et s'identifie avec elle et ne forme plus qu'un même corps, fermant ainsi toute issue à l'humidité.

Mais la gutta-percha a encore cet autre avantage de rendre le cuir souple, moelleux, et d'en augmenter considérablement la bonté. Tous les procédés dont on s'est servi jusqu'à ce jour pour rendre le cuir imperméable n'ont qu'une valeur momentanée, attendu que ce sont pour la plupart des corps gras que l'air et la chaleur dessèchent et détériorent; dès lors le cuir se roidit, les pores se trouvent rouverts et laissent un passage libre à l'humidité.

La gutta-percha, au contraire, étant un corps savonneux sur lequel l'humidité, l'eau, ni même les acides n'ont aucune influence, se conserve intacte avec le cuir jusqu'à usure complète.

Je puis à mon gré rendre imperméable tout ou partie de mes chaussures, selon le désir du consommateur, parce que j'ai la faculté de passer la dissolution de gutta-percha sur telles parties que je juge à propos de rendre imperméables. Mes dessus de chaussure ainsi préparés et réunis avec les semelles et talons en gutta-percha par les procédés que j'ai indiqués, sont un garant infaillible de solidité et d'imperméabilité.

FIGURE 9.

Soulier vernis, semelle et talon en gutta-percha soudés sans coutures.

A Dessus en vernis.
B Lice de la semelle en gutta-percha.
C Talon en gutta-percha.

Détail.

J'ai voulu représenter par ce dessin un soulier terminé, prêt à être livré à la consommation.

Figure 10.

S. liers de chasse imperméables, semelles et talons en gutta-percha, avec patins en cuirs percés à l'emporte-pièce, le tout soudé sans coutures.

A Patin en cuir, percé à l'emporte-pièce, soudé sur la semelle extérieure en gutta-percha, et retenu de plus par les pitons en gutta-percha formés par ladite semelle à travers les trous.

B Pitons en gutta-percha.

C Empeigne renversée, soudée sur la plaque intérieure et percée à l'emporte-pièce.

D Surface de la plaque intérieure en gutta-percha.

E Pitons en gutta, formés par la plaque intérieure.

F Faufil en forme de lacet, qui sert à retenir les bords de l'empeigne, lorsqu'on soude les semelles.

G Cambrure en gutta-percha.

H Empeigne de soulier en cuir fort.

I *Bon bout* en cuir, soudé sur le talon en gutta-percha.

K Soulier terminé au tranchet et à la lime.

Détail.

Cette chaussure toute exceptionnelle par sa bonté et sa solidité extraordinaires, j'ai voulu la représenter aussi dans ce dessin par un soulier terminé et par un soulier dont la semelle est coupée par le milieu, afin qu'on puisse en apprécier parfaitement la confection.

De même que dans les figures 5 et 6, on remarquera la plaque de gutta-percha intérieure sur laquelle viennent se renverser et se souder les bords de l'empeigne. La confection est donc absolument la même que les précédentes, à l'exception des pitons formés avec ladite plaque qui traverse l'empeigne par les trous faits à l'emporte-pièce.

La semelle extérieure en gutta-percha, qui devient adhérente à la plaque intérieure en se soudant sur toute sa surface et sur les bords auxdits pitons, forme à elle seule l'épaisseur de la lice et de la cambrure. Le patin en cuir n'a d'autre effet que de servir de double semelle. Mais il a cet avantage immense qu'étant soudé sur toute sa surface à la semelle de gutta-percha, il devient presque inusable. Les pitons qui l'enclavent tout autour le rendent d'autant plus solide, qu'ils sont dans des trous en forme de cône renversé. Leur tête étant beaucoup plus grosse que leur tige, ils ne peuvent se défaire.

Quoique je ne représente dans ce dessin qu'une demi-semelle ou patin en cuir, j'applique aussi des semelles entières qui viennent se fixer sous la partie antérieure du talon. Cette semelle se trouve représentée dans le dessin de la figure 1re, lettre C. Le dessin de la figure 10 ne représente qu'un soulier fort pour la chasse. Mais je fais aussi par le même procédé des chaussures fines : dans ce cas, la semelle en gutta-percha qui sert d'intermédiaire est excessivement mince, en sorte que la lice ou le rebord de la semelle n'est formé que par l'épaisseur du cuir. Cette chaussure, qui a l'apparence d'être tout en cuir, n'en est pas moins sans aucune couture ni clous, et se trouve d'une imperméabilité et d'une solidité à toute épreuve.

FIGURE 11.

Souliers de ville, semelle et talon en gutta-percha, soudés
sans couture.

A Surface de la semelle en gutta-percha, coupée par le milieu.

B Empeigne renversée, soudée à la plaque intérieure et percée à l'emporte-pièce.

C Surface de la plaque intérieure en gutta-percha soudée préalablement sur la première semelle en cuir.

D Pitons en gutta-percha formés par la plaque inté-

rieure en passant à travers les trous faits à l'emporte-pièce.

E Faufil en forme de lacet, indispensable pour retenir
l'empeigne en place, lorsque l'on soude la semelle
extérieure ainsi que le talon.

F Empeigne en cuir du soulier.

G *Bon bout* en cuir, soudé sur le talon en gutta-percha.

H Soulier terminé.

I Surface de la semelle en gutta-percha poli et fini à la
lime.

Détail.

Cette chaussure ainsi représentée est, de toutes celles
de mon brevet, celle qui a été le plus généralement adoptée.
La cause en est que, le dessus étant en cuir et les semelles
et talons tout en gutta-percha, elle est excessivement légère;
mais ce qui en fait le succès, c'est que la gutta-percha, qui,
à l'usage, dure beaucoup plus que le cuir, préserve entièrement de l'humidité. Ensuite la confection en est extrêmement facile. C'est pour cela que j'ai cru utile aussi de
représenter dans ce dessin un soulier terminé pour en faire
ressortir la beauté de la confection, et l'autre coupé par le
milieu, afin qu'on puisse, comme dans les précédentes, en
apprécier les détails. Aussi voit-on que la semelle extérieure, qui est coupée dans le milieu, se trouve soudée à la
plaque intérieure de gutta-percha qui réunit l'empeigne par
les pitons, traversant les trous faits à l'emporte-pièce.

Le dessus de la semelle, qui paraît parfaitement uni,
a été taillé convenablement avec la plane et le tranchet
et poli à la lime. C'est ce qui fait que sa surface est
excessivement unie. Les *Bons bouts* en cuir que j'adapte sur
les talons en gutta-percha ont pour effet d'empêcher ces
derniers de présenter des aspérités et de s'ébourriffer sur
les bords, et, de plus, de rendre plus sourd le bruit de la
marche. Le procédé de cette chaussure, que j'indique ici,

est, je le répète, celui qui fait la base principale de toutes mes chaussures.

FIGURE 12.

Grande botte de marais et de chasse à cheval, tige tout imperméable, semelle et talon en gutta-percha, soudés sans coutures.

A Tige en vache vernie grenée, entièrement rendue imperméable à l'intérieur par une couche de dissolution de gutta-percha chaude ; cette tige est doublée en veau ; la doublure étant aussi couverte de gutta-percha se trouve soudée à la tige en vernis et ne forme plus qu'un même corps avec elle, ce qui lui donne une imperméabilité incontestable.

B Talon en gutta-percha soudé.

C Forte semelle en gutta-percha, soudée à l'empeigne, adhérant par les pitons sus-mentionnés.

Détail.

Les personnes qui ont l'habitude de faire la chasse au marais sont continuellement dans l'humidité presque jusqu'au milieu du corps. Il leur est donc d'une grande utilité d'avoir une chaussure qui se prête à tous les mouvements, et par conséquent qui soit très-légère. La vache grenée, qui est excessivement moelleuse, a aussi les pores excessivement ouverts. Par le procédé que je viens d'indiquer, ces pores se trouvent parfaitement fermés. Ces bottes sont très-élégantes, ce qui fait qu'elles peuvent servir pour la chasse au marais comme pour la chasse à cheval.

FIGURE 13.

Semelle et demi-semelle en cuir passées à la dissolution de gutta-percha, prêtes à être cousues.

A Surface de la semelle.

B Partie postérieure trouée à l'emporte-pièce, qui doit être réunie sous le talon en gutta-percha.

Détail.

J'ai représenté dans ces dessins une demi-semelle et une semelle entière, taillées, arrondies, ou, pour mieux dire, brochées à la largeur du soulier. La demi-semelle est destinée à être soudée sur une semelle de gutta-percha qui forme la cambrure du soulier à partir du talon jusqu'au flanc, et sert de remplissage sur le devant à la partie où est adaptée la demi-semelle. Celle-ci se trouve cousue sur ses bords à la trépointe qui tient à l'empeigne. Sa partie postérieure, qui traverse la cambrure, est retenue par les pitons en gutta-percha qui traversent les trous faits à l'emporte-pièce.

La semelle entière a pour effet de servir aux chaussures cousues en se soudant sur toute sa surface à la cambrure de gutta-percha, et vient se fixer sous la partie antérieure du talon en gutta-percha. Ces semelles, ainsi préparées, servent aussi pour les chaussures clouées ou vissées.

FIGURE 14.

Soulier en fabrication prêt à être soudé à la semelle en gutta-percha.

A Empeigne en cuir montée sur la forme.

B. Pourtour du soulier au quart de la forme, représentant le bord de l'empeigne renversé.

C Pitous en gutta-percha, représentés gonflés par la chaleur en sortant par les trous faits à l'emporte-pièce, et prêts à être soudés à la semelle extérieure lors de la fabrication.

Détail.

Mon but en donnant ce dessin a été de démontrer qu'il est utile, pour la solidité des chaussures, que les pitons de gutta qui traversent les trous de l'empeigne faits au moyen de l'emporte-pièce sortent à l'extérieur et se présentent comme de petits boutons. En voici le motif: lorsqu'on

soude la semelle extérieure en la déposant toute chaude en
pâte sur le soulier, ces petits pitons, aussi chauffés, s'iden-
tifient avec elle, et ne forment plus qu'un même corps.

FIGURE 15.

Première en cuir prête à être soudée à l'empeigne.

A Creux où vient se fixer le bord de l'empeigne.
B Pitons qui traversent l'empeigne par les trous faits
  à l'emporte-pièce.
C Surface de la plaque en gutta-percha.

Détail.

Par ce dessin, je n'ai eu d'autre but que de démontrer
l'effet que produirait la plaque de gutta-percha qui se trouve
soudée sur la première en cuir, dans le cas seulement où
l'on déferait une chaussure déjà fabriquée. En arrachant les
bords de l'empeigne, on apercevrait le creux qu'elle aurait
formé tout autour de la plaque en gutta-percha, et dans le
milieu de ce creux une rangée de pitons formés par ladite
plaque qui auraient la hauteur de l'épaisseur de l'empeigne
et le diamètre des trous faits à l'emporte-pièce.

FIGURE 16.

Souliers cousus, semelle en cuir, avec cambrure et talon
en gutta-percha, soudés sur toute leur surface.

A Trépointe en cuir cousue sur les bords de l'empeigne
  jusqu'à la partie antérieure du talon.
B Partie de l'empeigne renversée au pourtour du talon,
  soudée à la cambrure en gutta-percha et percée à
  l'emporte-pièce.
C Surface de la plaque mince en gutta-percha, qui se
  trouve soudée à la première semelle en cuir et qui
  doit servir de cambrure.
D Semelle en cuir coupée par moitié, qui se trouve soudée sur sa surface à la plaque intérieure de gutta-

2

percha et retenue au bord par la couture qui la joint
à la trépointe indiquée par la lettre A.

E *Bon bout* en cuir soudé sur le talon en gutta-percha.

F Empeigne en cuir.

G Soulier terminé par la couture et le tranchet, et dont
le talon en gutta-percha est poli à la lime.

Détail.

Dans cette chaussure toute spéciale, que j'appelle chaussure d'été, j'ai aussi donné deux dessins, l'un représentant
un soulier fini, l'autre la semelle coupée par le milieu, afin
de faire connaître que la fabrication diffère totalement des
autres. Il est facile de voir que les bords de l'empeigne,
à partir de la pointe jusqu'à la naissance du talon, sont cousus à une trépointe par les procédés ordinaires ; mais la
surface de la première semelle en cuir est enduite d'une
dissolution de gutta-percha qui ferme toute issue à l'humidité. La plaque de gutta-percha qui se trouve soudée dessus
a pour effet : 1° de s'identifier avec la *première* et de la
rendre imperméable ; 2° de devenir adhérente à la semelle
extérieure en cuir, en se soudant sur toute sa surface.
Le derrière ou quartier du soulier est renversé sur ses bords
comme dans les chaussures précédentes, percé à l'emporte-
pièce et a aussi des pitons en gutta-percha. De même la semelle en cuir, à sa partie postérieure étant percée à l'emporte-
pièce, est traversée par des pitons en gutta-percha. D'où
il résulte que le talon en guttta-percha se soude non-seu-
lement sur toute sa surface intérieure, mais encore sur tous
ses bords aux pitons en gutta dont nous venons de parler.

FIGURE 17.

Emporte-pièce approprié à l'usage de la chaussure en gutta-percha.

Détail.

Le dessin que je donne de cet emporte-pièce est fort
simple. Comme on le voit, le manche est en bois et de forme

ordinaire ; le montant est en cuivre et l'emporte-pièce en
acier. Il ressemble en tout et pour tout aux emporte-pièces
ordinaires, et cependant lorsque je fis mon invention, je n'en
trouvai nulle part. Il fallut donc l'inventer. Aujourd'hui que
j'ai cédé mon brevet à un grand nombre de cessionnaires
dans les départements, cet emporte-pièce est devenu nécessaire, le commerce s'en est emparé, et on le trouve presque
partout. Il devient indispensable pour moi de donner ici un
détail un peu étendu sur cet emporte-pièce qui joue un si
grand rôle dans la confection de toutes mes chaussures.
Le manche en est droit et l'emporte-pièce est au bout.

Et voici le motif qui me l'a fait imaginer ainsi :

Lorsque je confectionne mes chaussures, je les monte
sur la forme, et lorsqu'elles sont parfaitement tendues et
arrêtées par des clous, mon empeigne qui est renversée se
trouve comme collée à la *première* semelle sur laquelle est
soudée la plaque de gutta-percha. L'empeigne ainsi attachée
est retenue. Je ne pouvais la percer avec un emporte-pièce
à pince, attendu qu'il n'aurait pu passer dessous sans obliger
l'empeigne à se démonter. Je ne pouvais pas non plus me
servir d'un emporte-pièce droit dont la tige est en fer, parce
que ce dernier n'est fait que pour frapper desssus, ce qui
aurait percé d'un seul coup l'empeigne, la plaque de gutta-
percha et la première semelle en cuir. Cela n'aurait pu
remplir mon but, attendu que je ne voulais percer que
l'empeigne pour laisser passer la gutta-percha à travers.
Mon emporte-pièce que j'ai imaginé a cet avantage que le
manche étant rond, tient parfaitement dans le creux de la
main. Je dépose la pointe sur mon empeigne, et, sans beaucoup d'efforts, en appuyant et donnant un tour de main,
l'empeigne se trouve percée sans qu'elle fasse le moindre
mouvement. L'emporte-pièce qui appuie sur la gutta-percha
coupe parfaitement. Voilà l'utilité de cet emporte-pièce dont
je fais usage dans la confection de toutes mes chaussures.
J'aurais pu prendre des emporte-pièces de différentes formes

pour mon brevet. Mais comme celui-là seul m'a paru utile,
étant de forme ronde et conique, j'ai cru qu'il suffirait
pour déjouer la malveillance de ceux qui croiraient qu'il
n'y a qu'à présenter une modification insignifiante pour s'ar-
roger le droit de pouvoir me copier impunément.

CHAPITRE CINQUIÈME.

DEUXIÈME PARTIE.

DE LA CONFECTION DES CHAUSSURES.

Observation générale et invariable.

La gutta-percha est une matière qui se soude par elle-même sans le secours d'aucun corps étranger. Ainsi, la chose la plus essentielle à comprendre et à bien retenir, c'est que, toutes les fois que l'on veut coller de la gutta-percha avec de la gutta-percha, il s'agit seulement de râper les deux parties, de les chauffer légèrement et de les presser l'une contre l'autre pour les souder ensemble.

Pour le cuir, au contraire, chaque fois qu'on veut le coller avec la gutta-percha, il faut avoir soin de râper la partie qui doit être collée, de manière à la rendre veloutée ; on y passe alors une couche de colle de gutta-percha, qu'on laisse bien sécher ; après quoi, on le présente légèrement au feu. On en fait de même de la gutta-percha, et on soude.

On ne doit pas perdre de vue que chaque fois que l'on passe de la colle de gutta-percha sur le cuir, il faut que le cuir soit d'abord bien sec, et laisser ensuite bien sécher la colle avant de souder.

On connaît que la colle est sèche lorsque, le gaz s'en étant évaporé, elle devient d'une couleur blanchâtre.

Comme on le voit d'après ce qui précède, je fais usage

de la gutta-percha en dissolution et de la gutta-percha
en matière solide. La première est liquide et ressemble à
de l'huile, et ne sert qu'à enduire le cuir. L'autre nous est
livrée par le commerce en plaques de diverses épaisseurs,
et sert à la confection des semelles et des talons.

Il devient utile que je décrive ici comment est construit
le petit fourneau dont je me sers pour la confection de mes
chaussures. Il est simplement en tôle, de forme ronde ou
ovale, ayant une grille horizontale dans son intérieur et une
petite porte dans le bas. Il est monté sur trois pieds. On le
trouve partout dans le commerce.

Lorsque je travaille, j'emplis sa grille de charbon de bois
ou de braise, et j'ai le soin qu'il soit parfaitement allumé,
afin qu'il y ait un degré uniforme de chaleur sur toute sa
surface. Je puis également me servir de tout autre calori-
fère, tel que poêle, cheminée, etc.; mais je préfère le
petit fourneau, qui est portatif et partant plus commode, et
d'ailleurs moins dispendieux.

ARTICLE PREMIER.

Chaussure en cuir ou étoffe pour empeigne, avec semelles et talons
en gutta-percha soudés sans coutures (figure 11).

C'est par cette chaussure que je commence la description
de la confection, parce que c'est de celle-là que découlent
toutes les autres, à l'exception cependant de la chaussure
tout en gutta-percha et de celles à semelles en bois, dont je
donnerai plus loin les détails.

Je fais usage pour mes chaussures des formes ordinaires,
avec la différence toutefois que je les râpe dans le milieu,
afin qu'elles soient un peu plates et qu'elles aient les bords
bien vifs. Cela rend le travail plus agréable à faire, et la
chaussure est bien meilleure.

Je coupe l'empeigne du soulier assez large pour que,

l'ayant ajustée à la forme, elle vienne se renverser sous celle-ci d'un centimètre environ. J'amincis avec le tranchet les bords intérieurs de mon empeigne, et je la râpe tout autour sur une largeur d'à peu près trois centimètres. La doublure est préparée de la même manière, mais elle doit être râpée des deux côtés. Le contre-fort en cuir est paré comme d'ordinaire, aminci dans le bas d'un centimètre environ, et râpé sur les deux surfaces.

Je prends alors une *première* semelle en cuir mince que je broche à la longueur et à la largeur de la forme, et au genre qui me convient. Je la pare partout, j'amincis les bords, je la râpe sur toute sa surface afin de la rendre veloutée, et la laisse sécher si elle est humide.

Je prépare en même temps et de la même manière le *bon bout* en cuir destiné à être soudé sur le talon en gutta-percha.

Cette opération terminée, je mets dans une petite boîte en fer-blanc une quantité suffisante de dissolution de gutta-percha, que je fais dissoudre dans l'eau bouillante au bain-marie. Aussitôt qu'elle est réduite en huile, j'en passe une couche sur les parties râpées de mon empeigne, ainsi que sur les bords râpés de la doublure, mais seulement du côté qui doit se trouver en contact avec l'empeigne. J'enduis aussi le contre-fort des deux côtés, sur la partie inférieure qui doit être renversée ; ou bien je soude sur cette partie de la gutta-percha avec une *mailloche* chaude. Je passe également une couche de cette dissolution sur toute la surface râpée de la *première* en cuir, ainsi que sur la surface râpée du *bon bout,* et je laisse sécher.

Cela fait, je *joins* ou pique l'empeigne du soulier, je la monte une première fois sur la forme sans y mettre la *première*, et le quartier, ayant eu soin de déposer préalablement le contre-fort en cuir entre la doublure, je la fixe au moyen de quelques clous de distance en distance, afin de la tendre uniment partout, je présente le soulier au feu pour chauffer légèrement les bords de l'empeigne, ce qui permet à la dissolution de gutta-percha de se fondre, et je la frappe aussitôt tout autour avec le marteau, afin de souder la doublure avec l'empeigne. Je la démonte aussitôt, car le pli est pris. Je passe immédiatement la dissolution de gutta-percha sur la partie intérieure de la doublure qui a été râpée, jusqu'à l'endroit où a été marquée la carre de la forme.

Je prends alors une plaque mince de gutta-percha que je soude sur la *première* en cuir, ainsi que je le représente par la figure 5 du dessin, lettre A. Et voici comment j'opère : je râpe la plaque de gutta-percha, je la chauffe du côté râpé, et je l'applique sur le côté de la première semelle en cuir qui a reçu la dissolution, et que j'ai chauffé en même temps. Je la soude en appuyant légèrement avec les doigts, je rogne avec les ciseaux la gutta-percha qui déborde sur la *première*, après quoi je la présente de nouveau au feu, et lorsqu'elle est devenue bien souple, je l'étends bien uniment avec la tête du marteau que j'ai soin d'humecter avec de l'eau, et je laisse refroidir. Je coupe avec le tranchet la gutta-percha qui dépasse la *première*, je taille les bords en sifflet et je la cloue sur la forme. Je monte le soulier comme d'habitude, en ayant soin de mettre les clous sur les bords de l'empeigne et un peu éloignés les uns des autres, excepté sur le bout, où je les mets très-rapprochés afin de faire disparaître tous les plis. Avec la tête du marteau, je frappe tout autour afin de rendre les bords de l'empeigne bien plats, et la carre de la forme bien unie. Et comme la partie renversée ne doit avoir tout autour qu'un centimètre de largeur, j'ai le soin de couper le surplus avec le tranchet.

Voilà le soulier parvenu à un *premier point* de fabrication.

C'est ici surtout que mon procédé de fabrication diffère entièrement des procédés ordinaires ; car au lieu d'attacher mon empeigne à ma première semelle par les clous ou la couture, je la perce tout autour sur sa partie renversée avec mon emporte-pièce que j'ai représenté par la figure 17 (voir la *Légende*).

Or, voici de qu'elle manière je me sers de cet emporte-pièce, dont je ne saurais assez parler, vu le rôle important qu'il joue dans mon mode de fabrication :

Je prends l'emporte-pièce en plaçant le manche dans la paume de la main, et allongeant l'index vers la pointe en acier, de façon que ce doigt se trouve par dessus et que le pouce soit en dessous. Alors donnant un demi-tour de main en serrant l'emporte-pièce et l'appuyant sur l'empeigne, et de façon à faire passer l'index en dessous et à ramener le pouce en dessus, l'empeigne, par le seul fait, se trouve percée coniquement jusqu'à la gutta-percha, où s'arrête l'emporte-pièce. Je fais le premier trou à la pointe de mon soulier, sur le milieu de la partie renversée de l'empeigne, et je continue tout autour. Les trous doivent être éloignés les uns des autres de façon qu'il y ait entre eux une largeur égale à un trou d'emporte-pièce. Ce trou doit être aussi à égale distance de la carré et des bords de l'empeigne (voir figure 11, lettres B et D).

Dès que l'empeigne est entièrement percée, je présente au feu le dessous du soulier en commençant par la cambrure et le talon. Aussitôt que la gutta-percha commence à se ramollir j'incline le soulier du côté de la pointe, et je le chauffe sur toute sa surface, Je le promène sur la braise à une distance convenable, et j'ai besoin de le remuer souvent afin de ne pas le brûler. A mesure que la chaleur pénètre la plaque de gutta-percha à travers les trous faits à l'emporte-pièce, celle-ci, ne trouvant d'autre issue sur les bords de l'empeigne, passe à travers et vient former autant de pitons ou chevilles en gutta-percha qu'il y a de trous. Dès que j'aperçois qu'ils ont pénétré à moitié de la profondeur des trous, je prends le marteau, et avec la tête j'appuie légèrement dessus. Par cette pression les bords de l'empeigne se soudent à la plaque de gutta-percha, et les pitons viennent se river dessus. Et pour conduire à bonne fin la confection de mon soulier, je désire faire connaître ici qu'il y a une difficulté assez grave à vaincre, dont je vais donner l'explication. La gutta-percha qui se trouve au-dessous de l'empeigne est en ce moment presque réduite en pâte, si l'on appuie sans précaution avec le marteau, elle peut fuir de dessous, et dès lors les pitons seraient moins solides, n'étant retenus que par une faible partie de gutta. Je remédie à cet inconvénient en ayant soin de presser régulièrement avec la tête du marteau les bords de mon empeigne, savoir : à partir de la naissance de la cambrure et suivant le pourtour du talon de mon soulier, j'appuie le marteau un peu incliné et je forme une surface un peu arrondie à la cambrure et à l'emboîtage de mon talon. Pour le devant, c'est le contraire. A partir des flancs jusqu'à la pointe du soulier, il est utile qu'on ait une ligne droite, que les bords de l'empeigne soient excessivement plats et la carre du soulier bien unie. Pour y parvenir, j'appuie avec précaution la tête du marteau sur le bord, en le tenant perpendiculairement : au fur et à mesure que la gutta-percha se refroidit, l'empeigne s'y soude fortement et forme ainsi une surface plane. Je laisse refroidir le temps qu'il faut pour durcir la gutta-percha, après quoi je m'empresse de faire disparaître en frappant doucement avec toutes les inégalités du pourtour du soulier ; je pare régulièrement et tout autour avec le tranchet la partie de l'empeigne qui se trouve renversée ; je la râpe uniformément partout, j'en fais autant pour la plaque de gutta-percha, que je râpe sur toute sa surface ; après l'avoir amincie et égalisée avec le tranchant de la plane, je passe immédiatement une couche chaude de dissolution de gutta-percha sur les bords râpés de l'empeigne, je la laisse bien sécher, et je faufile aussitôt l'empeigne.

Je ferai remarquer qu'il devient indispensable ici pour moi de donner un court détail sur ce faufil, qui joue un rôle assez important dans la confection de mes chaussures. Ce n'est pas du fil proprement dit que je veux parler, mais de son application et de l'importance que j'y attache. Le fil est tordu comme un cordonnet ayant une pointe effilée, et une soie au bout de cette pointe, et passé à la cire comme d'habitude. Quand je faufile mon soulier, je commence par le milieu du talon (en faisant le premier point, sur l'empeigne renversée, entre deux pitons de gutta. Je continue aussi diagonalement de droite à gauche et de gauche à droite jusqu'à la pointe du soulier. Les points sont éloignés l'un de l'autre d'environ un centimètre, et toujours pris au milieu de deux pitons de gutta. (Voir le dessin et la *Légende*, figure 11, lettres D et E.) — Arrivé à la pointe du soulier, comme on ne peut pas coudre la gutta, j'entrelace le fil avec les points transversaux les plus rapprochés, et j'arrête ainsi le bout de l'empeigne (figure 6, lettre B). — Par cet effet, les bords de l'empeigne (figure 11, B; — figure 10, C; — figure 6, B; — figure 5, B) se trouvent arrêtés comme par un lacet qui passe de travers en travers sur la plaque de gutta-percha (figure 11, C et E; — figure 10, F; — figure 6, B et C; — figure 5, D).

Mon soulier se trouve alors parvenu à un *deuxième point* de fabrication (figure 14).

Mon but, en faisant ce faufil, a été de maintenir en place, et dans sa position naturelle, l'empeigne du soulier, afin qu'elle ne puisse pas se lâcher ni faire aucun mouvement, au contact de la chaleur, quand on soude la semelle extérieure (figure 2, B). — Mais ce faufil a une autre faculté à laquelle j'attache encore plus d'importance, et que je tiens à signaler : c'est que, lorsque l'on chauffe le soulier pour le souder à la semelle extérieure, au moment où la plaque de gutta-percha se ramollit, le fil s'incruste, se tend, et reste soudé sur une de ses faces. Lorsqu'on applique la semelle extérieure toute chaude, le fil fait le même effet et se soude sur son autre face, en sorte qu'il se trouve pris entre les deux plaques, et forme une espèce de spirale ou de vis dans les interstices de laquelle s'infiltre la gutta-percha. Ces espèces de vis de cordonnet, traversant toute la largeur de la semelle, sont crampounées des deux côtés de l'empeigne, retiennent ainsi ses bords dans une position fixe, et sufiraient à elles seules pour les y maintenir jusqu'à usure complète de la chaussure. Ce fil ne saurait se détériorer, l'humidité ne pouvant aucunement l'atteindre.

Cela dit, revenons à la fabrication.

Je fais usage, pour mes semelles extérieures, de plaques de gutta-percha de diverses épaisseurs. Ainsi, pour le soulier fin, je me sers de la plaque de 5 à 6 millimètres; — pour le soulier de force moyenne, j'emploie celle de 7 à 8 millimètres; et pour les chaussures fortes et de chasse, celle de 10 à 12 millimètres. Comme la gutta-percha, qui est une matière laminée, a un sens de longueur et un sens de largeur, je coupe ma semelle, qui ne doit arriver qu'à la naissance du talon, dans le sens laminé, c'est-à-dire dans le sens de la longueur de la gutta. Sa largeur est déterminée par le dessous du soulier. Je râpe ma semelle d'un côté, je la présente au feu, premièrement du côté non râpé, et j'ai soin de la chauffer régulièrement sur toute sa surface. Lorsque la chaleur a pénétré à peu près à moitié dans son épaisseur, je la chauffe du côté râpé, en la tenant par ses deux extrémités, et la promenant avec précaution sur le feu et à une distance convenable. Je reconnais qu'elle est prête à être soudée lorsque la gutta-percha, devenue gluante, est réduite presque en pâte. Je la dépose aussitôt sur la main gauche dans sa longueur, et je prends immédiatement le soulier, que je chauffe premièrement par la cambrure et le talon. Aussitôt que j'aperçois que la gutta-percha se ramollit, et que les pitons commencent à pointer, je chauffe le soulier dans toute sa longueur. Dès que tous les pitons sortent des trous et apparaissent comme de petits boutons, je fixe le soulier entre mes deux genoux, et je dépose par-dessus ma semelle de gutta. Je la fixe sur le milieu légèrement avec les doigts, afin d'éviter que l'air vienne s'infiltrer dessous entre les deux semelles. Ensuite je l'étends uniment sur toute sa surface en appuyant doucement avec la main sur ses bords, de manière qu'elle vienne se souder aux pitons de gutta qui traversent l'empeigne. Je coupe avec les ciseaux le surplus de matière qui déborde autour du soulier, et je chauffe de nouveau le soulier, afin de ramollir uniformément la gutta. J'arrondis alors la cambrure avec la tête du marteau, que j'ai soin de mouiller avec de l'eau froide, et j'unis le dessous de la semelle avec un fer à repasser froid que je mouille également, et je mets à refroidir. — Quand il est froid, je prends un talon de gutta-percha, préparé préalablement comme je l'ai indiqué dans la figure 4 (voir la *Legende*). Je le râpe sur sa face intérieure, que je chauffe ensuite jusqu'à ce que la chaleur l'ait pénétré d'un demi-centimètre. Je chauffe en même temps le dessous du talon du soulier, et lorsque les pitons de gutta commencent à se gonfler, je fixe le talon dessus et je presse fortement. La matière déborde tout autour de l'emboîtage. Je la repousse avec les doigts pour qu'elle se soude parfaitement, et je laisse refroidir.

Dans cette position, le soulier est arrivé à son *troisième point* de confection (figure 2, A et B (voir la *Legende*).

Dès que le soulier est entièrement refroidi, la soudure remplace avec avantage la couture, attendu qu'elle ne peut jamais se défaire. La plaque de gutta-percha, soudée sur la première semelle en cuir, est devenue adhérente à la semelle extérieure. L'empeigne, retenue par son faufil, se trouve emprisonnée entre les deux plaques de gutta et fortement serrée comme dans un étau, et de plus, ses bords se trouvent enclavés par les pitons de gutta qui la traversent de part en part, formés qu'ils sont par la plaque intérieure et soudés à la plaque extérieure. Dès lors, toutes ces parties ne forment plus qu'un seul et même corps. Voilà l'explication la plus simple et la plus claire que je puisse donner de la solidité de cette chaussure.

Mais la semelle et le talon en gutta-percha, soudés sur le soulier comme je viens de l'expliquer, présentent des surfaces inégales, informes, étant soudés à l'état brut. Il s'agit maintenant de les ébaucher et de leur donner la tournure voulue. Pour y parvenir, je me sers du tranchet et de la plane, ensuite je polis le tout à la lime et à la brosse. L'usage de ces divers outils est bien connu. Mais je m'en sers pour obtenir des résultats nouveaux, et voici comment j'opère.

Je redresse avec le tranchet ma semelle tout à l'entour, et je forme la lice ajustée au soulier, à partir de la naissance de ses deux flancs. Je tire tout autour une ligne régulière sur la partie qui se joint à l'empeigne, ou, pour mieux dire, j'ébourre les aspérités qui se trouvent sur les bords de la lice. Je prends une lime douce, et je lime la lice en commençant par le côté droit et allant vers la pointe, ayant soin de tenir un petit ruban de cuir mince sur la partie de l'empeigne qui se joint à la lice, afin que la lime ne l'endommage pas. Ensuite, je la brosse tout autour avec une brosse fine, ce qui la rend excessivement unie. — Pour marquer l'épaisseur de la lice, je me sers tantôt d'un fer approprié à cet usage, tantôt d'un petit compas. Je préfère ce dernier. En voici la raison : c'est que, en l'ouvrant plus ou moins, il me sert pour former toutes les épaisseurs désirables.

Je trace avec le compas l'épaisseur de ma lice, et je forme sa côte en talus, en coupant avec le tranchet l'angle de la semelle. Je lime la côte avec la lime douce, afin qu'elle soit droite, et je la polis avec la brosse. Ensuite, avec le compas, j'indique l'épaisseur de la semelle en faisant glisser une de ses pointes dans la coulisse ou emboîtage de la lice, tandis que l'autre vient tracer la largeur de la côte. — Je prends ensuite la plane et je taille uniment le dessous de la semelle bien droit, afin de la réduire à l'épaisseur tracée par la pointe du compas. Après cela, j'enlève avec le tranchet l'excédant de matière de la cambrure, que j'arrondis de façon à la rendre un peu plus mince dans le milieu, et partant plus flexible au pied.

Je détermine la largeur de la cambrure, et je l'ébourre régulièrement des deux côtés ; ensuite, je la lime avec une

lime demi-ronde, en ayant soin de limer toujours du même
côté, afin de la rendre bien unie. Après cela, je lime le devant de la semelle, d'abord avec une lime un peu forte, ensuite avec une lime douce, pour que la semelle soit bien plate
et bien unie. — Je prends une brosse au poil long, épais et
un peu fin. Je brosse la cambrure en travers, dans le même
sens que je l'ai limée, jusqu'à ce qu'elle devienne brillante.
Je fais de même sur le devant de la semelle, que je brosse
en long, dans le sens que j'ai limé. Après cela, je passe de
l'eau froide sur toute la surface de la semelle, que je polis
avec un *machinoir* en os.

Cette opération terminée, je passe un fer à piqûres sur le
bord de la côte et de la lice, pour former le filet. Avec le
même fer et toujours à froid, je marque les moustaches à la
cambrure, et, avec la roulette, j'y trace quelques dessins.

Après cela, je redresse mon talon avec le tranchet, à la
largeur et au genre qu'il convient. Je trace la hauteur de l'emboîtage que j'ébourre immédiatement. Après cela, avec le
compas, je marque par un trait la hauteur du talon, et, avec
la plane, j'égalise le dessous jusqu'au trait que je viens d'indiquer. Après l'avoir râpé, je le chauffe légèrement ainsi que
le *bon bout* en cuir, préparé comme je l'ai indiqué plus haut;
je les soude ensemble, et je laisse refroidir (voir figure 10,
I; — figure 11, G; — figure 15, E).

Je coupe avec le tranchet ce qui dépasse du *bon bout*, je
cloue quelques chevilles en fer à sa partie postérieure, et je
lime sa surface. Après cela, je lime la lice du talon avec une
lime un peu forte et puis avec une lime douce, et je le polis
avec la brosse dans le même sens que j'ai limé, afin de lui
donner le brillant nécessaire avant de le vernir.

Ici le soulier est terminé. C'est son *quatrième point* de
fabrication. — Après avoir sorti la forme, je vernis le talon
avec du vernis noir, et les moustaches de la cambrure ainsi
que la lice avec du vernis rouge ou noir à volonté. Ces vernis
sont imperméables; on les emploie dans l'ébénisterie.

Lorsque les empeignes ou, pour mieux dire, les dessus des chaussures sont en étoffe, la confection ne diffère de la précédente qu'en ce que les trous percés à l'emporte-pièce sur la partie renversée du soulier doivent être un peu plus éloignés de la carre de la forme, et aussi un peu plus distancés les uns des autres. Les bords des dessus en étoffe, ainsi que ceux des doublures, doivent être passés à la dissolution de gutta-percha, comme pour les empeignes en cuir, en ayant soin de ne pas en mettre hors des parties indiquées, dans la crainte de tacher l'empeigne. Je le répète, les chaussures en étoffe sont commencées, conduites et terminées comme les précédentes.

Droits et priviléges.

Ayant ainsi décrit l'*article premier* de la confection, je vais maintenant faire connaître les parties essentielles que nous avons entendu faire breveter, et pour lesquelles je revendique le privilége exclusif.

D'abord l'*ensemble* et la *combinaison complète* de mon procédé, tels que je viens de les détailler, et en particulier :

1° L'*application de la plaque* de gutta-percha, soudée préalablement sur la première semelle en cuir, et destinée à former les pitons ou chevilles de gutta qui traversent les bords de l'empeigne, et à réunir par la soudure les diverses semelles extérieures avec la semelle intérieure (voir le dessin et *Légende*, figure 3, A).

2° La *préparation de mon empeigne* pour ce qui est de l'idée de la monter une première fois sur la forme, dans le but de souder ses diverses parties en un seul corps, et de former ainsi un bord renversé qui indique la carre de la forme, et sur lequel sont percés les trous par l'emporte-pièce et est passée la dissolution de gutta-percha (voir figure 11, B).

3° L'*application de l'emporte-pièce* à la confection de ma chaussure, c'est-à-dire l'emploi que j'en fais en perçant autour de mon empeigne, sur ses bords renversés, des trous où viennent se former les pitons ou chevilles de gutta destinés à remplacer la couture (voir *dessin* et *Légende*, figure 17, détail; chap. V, art. 1er, *point de la fabrication*).

4° Mon *système de chauffage*, que j'ai combiné de façon à ramollir légèrement et degré par degré la gutta-percha, pour l'obliger, en appuyant avec la tête du marteau, à passer à travers les trous faits à l'emporte-pièce; — *l'application que je fais du marteau* pour souder régulièrement les bords de l'empeigne à la plaque intérieure de gutta-percha; — l'usage que je fais de la plane pour égaliser la surface de ladite plaque.

5° Le *faufil* en forme de lacet qui retient en place les bords de l'empeigne renversée lorsqu'on soude la semelle extérieure (voir figure 11, lettre E; et l'explication donnée chap. V, art. 1er, 2e *point de la confection*).

6° Ma manière de chauffer progressivement le dessous du soulier, pour que les pitons de gutta-percha se gonflent et apparaissent hors des trous comme de petits boutons destinés à former une adhérence complète avec la semelle extérieure (voir figure 14, lettre C; et pour les détails, chap. V, art. 1er, 2e *point de la fabrication*).

7° Le système que j'ai établi pour fixer la semelle extérieure en gutta-percha sur la surface du soulier; la manière de chauffer cette semelle que je soude à l'état brut (voir *dessin* et *Légende*, figure 2, A; et les détails, chap. V, art. 1er, 3e *point de la fabrication*); — la préparation de mon talon en gutta-percha (voir *dessin* et *Légende*, figure 4), la manière de le souder (voir l'explication, chap. V, art. 1er, 3e *point de la fabrication*).

8° Le *mode de redressage* que j'ai établi pour diminuer et régulariser la semelle brute en gutta-percha, soudée sur le soulier; — *l'emploi* que je fais du tranchet et de la plane pour obtenir ce résultat afin de réduire à l'épaisseur convenable le bord de la lice, le dessus de la semelle et de la cambrure, ainsi que la largeur et la hauteur du talon (voir *dessin*

3

et *Légende*, figure 2, B et C ; — et chap. V, art. 1er, 4e *point de la fabrication*).

9° Mon *système de polissage* que j'ai créé à l'aide de la lime, de la brosse et du machinoir en os, pour polir et faire reluire mes semelles et talons en gutta-percha bruts (voir chap. V, article 1er, 4e *point de la fabrication*).

10° L'application du *bon bout* en cuir sur les talons en gutta-percha, ainsi que je l'ai indiqué, figures 10, I ; 11, G ; 12, E ; détaillé chap. V, art. 1er, 1er *point de la confection*.

ARTICLE DEUXIÈME.

Chaussure *clouée* ou *vissée*, dessus en cuir, et semelle et talon en gutta-percha, ou avec semelle en cuir soudée (figures 5 et 6).

D'après ce que je viens de dire sur mon procédé de fabrication des chaussures, dans l'article 1er de la confection, je me dispenserai de m'étendre aussi longuement sur celle-ci, de même que sur toutes celles qui vont suivre, attendu que les explications que j'aurais à donner sont contenues en partie dans la chaussure précédente. Je me bornerai donc à indiquer le mode de confection de chacune d'elles, afin qu'on puisse bien le saisir, en indiquant les points essentiels pour lesquels je réclame le privilége.

Confection.

Ayant préalablement cloué sur la forme la première semelle en cuir sur laquelle est soudée la plaque de gutta-percha (figure 3, A ; détaillée chap. V, art. 1er, 1er *point de la fabrication*), je monte dessus l'empeigne préparée comme je l'ai dit, article 1er, 1er *point*.

Après avoir régulièrement rongé les bords avec le marteau, je coupe avec le tranchet la partie qui dépasse. Je présente immédiatement le soulier au feu. Austitôt que la gutta-percha est ramollie, je soude fortement et régulièrement avec la tête du marteau les bords de l'empeigne renversés, de manière qu'ils s'incrustent dans la plaque de gutta-percha qui fait corps avec la *première* (figures 5 et 6, B), de façon à les rendre bien plats et la carre de la forme bien droite. Et je laisse refroidir.

Ensuite, avec la plane je taille la plaque de gutta-percha sur toute sa surface, de manière à l'égaliser avec les bords de l'empeigne que je râpe ainsi que la surface de gutta (article 1er, 2e *point*), et je passe une couche de dissolution sur les bords de l'empeigne. Je laisse refroidir et ensuite je faufile de travers en travers (détails, 1re partie, 2e *point*). Le soulier ainsi préparé est arrivé à son *deuxième point* de fabrication. — Ici, comme on le voit, les bords de l'empeigne ne sont pas percés à l'emporte-pièce, mais seulement soudés à la plaque intérieure de gutta-percha et retenus par le faufil (figures 5 et 6, B, B, D, C).

Je prends une plaque de gutta-percha ; je la râpe d'un côté et je la chauffe premièrement du côté non râpé, et ensuite du côté râpé, afin qu'elle soit prête à être soudée (article 1er, 3e *point*). Je chauffe légèrement la surface du soulier, afin que la gutta-percha devienne un peu gluante, je dépose la plaque de gutta-percha dessus, je la soude par le procédé indiqué chap. V, article 1er, 3e *point*, et je laisse refroidir ; après quoi je redresse avec le tranchet les bords de la semelle brute (figure 2, A), et je forme la lice avec la lime (article 1er, 4e *point*). Je marque son épaisseur avec le compas (4e *point*), et je réduis la semelle avec la plane à l'épaisseur indiquée (4e *point*). J'arrondis la cambrure avec le tranchet, ensuite je polis la surface de la semelle et de la cambrure avec une lime un peu fine (4e *point*).

Cette opération terminée, je plante une ou deux rangées de pointes sur les bords de la semelle (figure 5, E), ou bien encore je fixe une rangée de vis (figure 6, D). Ensuite avec la lime fine j'achève d'unir la semelle (4e *point*), et je la polis parfaitement avec la brosse et le machinoir (4e *point*),

afin de lui donner le brillant nécessaire (figures 5, G ; et 6,
F ; et détail).

Alors je prends le talon de gutta-percha (figure 4), je le
râpe et je le soude comme je l'indique chapitre V, article 1er,
5e *point*. Je le laisse refroidir, ensuite je le redresse avec le
tranchet (4e *point*). Je marque sa hauteur avec le compas
(4e *point*), je coupe le surplus avec la plane, je râpe sa surface et je soude dessus le *bon bout* en cuir (figures 11, 12,
16, I, G. E, et détails, article 1er, à la fin du 5e *point*).

Après refroidissement, je redresse le *bon bout* et j'aplanis
sa surface. — Je lime la lice du talon, d'abord avec la lime
un peu forte, ensuite avec la lime fine, et je la polis avec la
brosse, afin de l'unir parfaitement et de lui donner le brillant
(figures 5 et 6, G et F ; et article 1er, 4e *point*). Je le vernis
alors par le procédé indiqué article 1er, 4e *point*.

Si je veux mettre des semelles en cuir, voici comment
j'opère : je prends la semelle en cuir représentée figure 13,
lettre B (voir le détail de la *Légende*) ; je la râpe et je passe
sur sa surface râpée une couche de dissolution de gutta-
percha. Je présente au feu le soulier, au moment où il est
arrivé à son *deuxième point* de fabrication (voir ci-dessus).
Je le chauffe légèrement et j'applique dessus la semelle en
cuir que j'ai chauffée en même temps. Je la mouille sur sa
surface extérieure, afin qu'elle soit plus maniable ; et avec la
tête du marteau je la presse fortement et régulièrement partout, afin qu'elle se soude à la plaque intérieure de gutta-
percha. Sa partie postérieure, qui vient se fixer sous le talon,
se trouve retenue par les pitons de gutta-percha qui se
forment à travers les trous faits à l'emporte-pièce. Le talon
est fixé dessus par le procédé que j'ai indiqué plus haut.

Si je ne mets qu'une demi-semelle en cuir, je soude préalablement une plaque de gutta-percha qui forme la cambrure
du soulier, et le patin en cuir vient alors se souder par-dessus
et se trouve fixé à sa partie postérieure par les pitons de
gutta formés par ladite plaque, et 'passant à travers les trous

faits à l'emporte-pièce. Après quoi, soit que j'emploie l'une ou l'autre de ces deux semelles, je la fixe sur ses bords par des pointes ou des vis (voir figures 5 et 6, et l'explication ci-dessus). — Je termine le soulier au tranchet, à la lime et à la brosse comme les précédents.

Cette chaussure joint à l'élégance la souplesse, la légèreté et l'imperméabilité. Sa confection est prompte, attendu qu'on peut distancer à volonté les pointes ou les vis, sans que cela nuise en rien à sa solidité, qui est due en partie à la soudure des semelles avec l'empeigne.

Droits et priviléges.

Ayant ainsi décrit l'*article deuxième* de la confection, je vais faire connaître les points essentiels que nous avons entendu faire breveter et pour lesquels je revendique le privilége exclusif. Ce sont :

D'abord, comme dans l'article 1er, l'ensemble de la confection de mes souliers cloués ou vissés et en particulier :

1º Ma manière de souder les bords de l'empeigne, retenus par le faufil, à la *première* intérieure par l'intermédiaire de la plaque de gutta-percha, qui ne forme avec eux et la *première* en cuir qu'un seul et même corps.

2º L'application de la semelle extérieure en gutta-percha soudée brute sur la surface du soulier et sur les bords de l'empeigne.

3º L'application des clous et des vis à cette nouvelle chaussure. — Ce n'est pas pour les pointes et les vis proprement dits que je réclame le privilége, mais pour l'application que j'en fais à cette chaussure par le procédé que j'ai indiqué plus haut.

4º L'emploi des *semelles* et *patins* en cuir, préparés et soudés comme il a été dit ci-dessus (voir figure 13).

ARTICLE TROISIÈME.

Chaussure cousue rendue imperméable, en cuir ou étoffe pour empeigne, avec semelle en cuir, et cambrure et talon en gutta-percha (voir *dessin* et *Légende*, figure 16).

J'ai appelé cette chaussure toute spéciale chaussure d'été.

Confection.

Je prépare ou je broche une première semelle en cuir à la largeur et à la longueur de ma forme. Je fais sur les bords de cette semelle, à partir de la naissance du talon, une *gravure* destinée à recevoir la couture, et je soude sur la partie qui doit recevoir le talon une plaque mince de gutta-percha. Je cloue cette *première* sur la forme. Je prends alors l'empeigne du soulier ou de la botte, préparée préalablement comme je l'ai indiqué à l'article 1er de la confection. Je monte le soulier par le procédé ordinaire; après l'avoir arrangé convenablement, je renverse l'empeigne au pourtour du talon, ainsi que le contre-fort, et je les perce avec l'emporte-pièce (voir *dessin* et *Légende*, figure 16, B, et figure 17). Je chauffe immédiatement cette partie du soulier, et, en l'appuyant avec le marteau, je soude régulièrement l'empeigne renversée, en arrondissant le pourtour du contre-fort. Ensuite je couds une trépointe au rivet (*dessin* et *Légende*, figure 16, A) autour de mon soulier (procédé ordinaire). Ceci fait, je coupe avec le tranchet les parties inégales et je râpe parfaitement toute la surface de la première semelle, ainsi que les bords de la trépointe, de même que la partie renversée du talon, afin de les rendre veloutés. Avec un pinceau j'enduis de dissolution de gutta-percha chaude toutes ces surfaces râpées, et je laisse bien sécher; après quoi, je prends une plaque mince de gutta-

percha, je la râpe d'un côté, je la chauffe, j'en fais de même
de la surface du soulier où se trouve la dissolution; je dépose
la plaque de gutta-percha dessus et je l'étends uniment partout, d'abord avec les doigts, ensuite avec une mailloche
chaude, pour que la gutta-percha pénètre bien dans tous les
trous et devienne adhérente à la première semelle en cuir. Je
mets le soulier à refroidir, le temps nécessaire pour que la
gutta-percha soit durcie. Avec la plane, j'égalise la plaque de
gutta-percha qui sert ici de cambrure, et je la râpe (figure
16, C).

Je prends une semelle en cuir, je l'ajuste sur le soulier
à la largeur de la trépointe, ayant soin de ne la faire arriver
qu'à la naissance du talon. Je pare sa surface avec le tranchet, et j'amincis la partie qui doit former la cambrure.
Je perce quelques trous avec l'emporte-pièce à sa partie
postérieure qui doit se souder sous le talon. Je râpe la surface que j'ai percée, j'y passe une couche de dissolution de
gutta-percha, et je laisse sécher (voir *dessin* et *Légende*,
figure 13, A, B).

Ensuite, je présente le dessous du soulier au feu, ainsi que
la semelle; je les chauffe légèrement l'un et l'autre, et je
dépose aussitôt sur la cambrure en gutta-percha la semelle
en cuir; avec une éponge je mouille sa surface extérieure,
afin de la rendre souple, et je la soude régulièrement partout
avec la patte du marteau. Les trous, faits à l'emporte-pièce
à sa partie postérieure se trouvent ainsi soudés à la cambrure du gutta-percha, qui les traverse en formant des pitons.
Je coupe avec le tranchet ce qui dépasse des bords de la
semelle, je fais une *gravure* tout autour, et je couds la semelle
à la trépointe par le procédé ordinaire. Après cela, je redresse ma lice avec le tranchet, je la râpe, et je l'unis avec
le verre et le papier à verre. Je passe sur ses bords de la
colle de pâte, je les noircis après les avoir préalablement
rangés avec un fer approprié à cet usage (procédé ordinaire),
et je *déforme* la lice au fer chaud et à la cire.

Après cette opération, je prends mon talon de gutta-percha préparé (voir *dessin* et *Légende*, figures 4) ; je le râpe sur sa surface intérieure, je le chauffe ainsi que le dessous du talon du soulier, je les soude ensemble et laisse refroidir. Ensuite, je le redresse, comme les précédents, avec le tranchet, je marque sa hauteur avec le compas, je coupe le surplus à la plane, je râpe sa surface, je la chauffe légèrement, ainsi que le *bon bout* en cuir, que je soude par-dessus (voir chap. V, art. 1er, *4e point de la confection*.)

Après avoir mis quelques chevilles à la partie postérieure du *bon bout*, je le redresse et le rend bien plat avec la lime. Je termine le talon, comme les précédents, avec la lime forte, la lime fine et la brosse, et je le vernis.

Je fais aussi cette chaussure avec une demi-semelle en cuir, que je couds également par le même procédé que je viens d'indiquer. Dans ce cas, je ne couds la trépointe que jusqu'à la naissance de la cambrure ; les bords de l'empeigne de la cambrure sont renversés, comme ceux du talon, percés à l'emporte-pièce et soudés sur une plaque de gutta, et retenus de travers en travers par un faufil. Les bords sont râpés et passés à la dissolution. Je soude alors une plaque de gutta-percha, qui sert à former la cambrure de la semelle extérieure et à garnir la surface du soulier sur le devant. Je soude le soulier, par le procédé indiqué, la demi-semelle en cuir (figure 15, A), qui se trouve retenue en travers de la cambrure par les pitons de gutta, formés dans les trous faits à l'emporte-pièce. Je couds tout autour la demi-semelle à la trépointe, et je termine par les procédés indiqués ci-dessus.

Cette chaussure ainsi fabriquée réunit l'imperméabilité à la solidité et a l'avantage de pouvoir être aussi bien dans l'humidité qu'au contact de la chaleur.

Droits et priviléges.

Ayant ainsi décrit l'*article troisième* de la confection, je vais faire connaître les points essentiels que nous avons entendu faire breveter et pour lesquels je revendique le privilége exclusif. Ce sont :

1º La préparation de mon empeigne comme les précédentes (chap. V, art. 1er, 1er *point*).

2º La préparation de ma première semelle en cuir ayant une plaque de gutta-percha soudée à sa partie postérieure qui doit recevoir le talon.

3º La plaque de gutta-percha soudée sur la surface de la *première* en cuir, et qui sert de cambrure.

4º La préparation de la semelle ou demi-semelle en cuir, et la manière de les souder sur le soulier (voir figure, 13, A, B).

5º L'application d'une semelle extérieure en gutta-percha qui sert à former la cambrure du soulier à garnir le devant sous la semelle en cuir.

ARTICLE QUATRIÈME.

Empeigne et semelle en cuir, cambrure et talon en gutta-percha, sans coutures ni clous, soudés par la réunion des plaques en gutta-percha et par les pitons formés à travers les trous percés à l'emporte-pièce (voir *dessin* et *Légende*, figure 10).

Cette chaussure ne diffère pour sa fabrication de celle que j'ai décrite dans l'article 1er de la confection, qu'en ce que je fais usage ici pour mes semelles extérieures de semelles ou demi-semelles en cuir dercées à l'emporte-pièce, soudées sur la gutta-percha. Je me bornerai donc à en indiquer la fabrication en prenant le soulier au point où s'opère ce changement.

Confection.

Au moment où le soulier est arrivé à son *troisième point*
de fabrication, c'est-à-dire lorsque la semelle extérieure
en gutta-percha se trouve soudée dessus (voir *dessin* et
Légende, figure 2, et détails, chap. V, art. 1er), je le prends
et je redresse avec le tranchet le pourtour de la semelle;
je forme la lice, je l'ébourre (chap. V, art. 1er, *4e point*;
avec le compas je trace son épaisseur (art. 1er, *4e point*);
ensuite avec la plane je diminue le dessous de la semelle
jusqu'au trait que j'ai tracé au bord de la lice, après quoi
avec le tranchet j'amincis bien la cambrure en l'arrondissant, et je râpe toute la surface de la semelle.

Si je veux faire un soulier à lice mince, je diminue la
gutta-percha de manière à ce qu'elle n'arrive presque pas
sur les bords: la lice se trouvera ainsi formée seulement
avec l'épaisseur de la semelle en cuir (voir *Légende*, figure
10, fin du détail).

Je prends alors une semelle en cuir que je broche à la largeur du soulier; je la pare sur toute sa surface, j'amincis la
cambrure et je la râpe partout. Après cela je trace avec le
compas sur sa surface extérieure et sur tout son pourtour un
trait à un centimètre du bord, et je perce, en suivant ce trait
tout autour de la semelle avec l'emporte-pièce, des trous à
un centimètre de distance les uns des autres. Je perce pareil-
lement une rangée de ces trous sur le milieu de la semelle,
mais seulement de la naissance de la cambrure à la pointe.

Les demi-semelles aux patins sont préparées de la même
manière.

Cette opération terminée, je passe sur leur surface râpée
une couche de dissolution de gutta-percha chaude, et je
laisse sécher. Cette semelle et ce patin ainsi préparés sont
représentés par le figure 1ro, A, B, C (voir la *Légende*).

Alors je chauffe légèrement le dessous de mon soulier et en même temps la semelle dont je viens de parler, et je l'applique dessus. Avec la tête du marteau je la soude régulièrement partout, en ayant soin d'appuyer légèrement sur les bords, de façon que la gutta-percha passe à travers les trous faits à l'emporte-pièce et vienne se river dessus (figure 10, B). Je mouille avec une éponge toute la surface de la semelle pour la rendre bien souple; avec la patte du marteau je l'unis parfaitement, et je laisse refroidir.

Je me sers aussi d'un autre moyen pour appliquer cette semelle, et le voici : je prends une plaque mince de gutta-percha, je la râpe d'un côté et je la chauffe jusqu'à ce qu'elle soit réduite en pâte. Je chauffe légèrement la semelle et j'applique dessus la plaque de gutta-percha. Je dépose le tout sur une surface plane, la semelle de cuir en dessus, et en appuyant avec le marteau elles se soudent ensemble, et la gutta, passant dans les trous, forme les pitons. Je mets quelques instants dans l'eau froide cette semelle ainsi doublée, ce qui rend le cuir souple et durcit la gutta. Je coupe avec le tranchet la gutta-percha qui déborde la semelle, je l'égalise, j'amincis la cambrure, et je la râpe sur toute sa surface. Après cela je la chauffe ainsi que le soulier, je les soude ensemble par le procédé ci-dessus, et je laisse refroidir.

Cela fait, j'applique sur ce soulier le talon de gutta-percha comme aux chaussures précédentes (art. 1er, 3e *point*), et je laisse refroidir. Ensuite je redresse la lice de ma semelle, je l'unis avec la lime et la brosse, je l'ébourre, je fais de même pour la cambrure; je passe une lime fine sur la surface de la semelle afin d'unir les pitons de gutta qui dépassent, et avec le verre et le papier à verre je termine le dessous de la semelle. Ensuite je redresse le talon avec le tranchet, je marque sa hauteur avec le compas, j'égalise sa surface avec la plane, je la râpe, j'y soude le *bon bout* en cuir, et après qu'il est refroidi, j'y plante une rangée de chevilles tout autour et je le redresse. Je termine le talon à la lime et à la brosse

comme les précédents, et je vernis le soulier (voir article 1er, 4e *point, dessin* et *Légende*, figure 10).

Si je me sers d'une demi-semelle au patin en cuir, au lieu de
la semelle entière, dont nous venons de parler, après avoir
formé la lice du soulier, je n'ai besoin que d'amincir la
semelle de gutta sur le devant, jusqu'à la naissance de la
cambrure, et je soude le patin dessus. Lorsqu'il est refroidi,
je redresse la lice, je la lime et je la termine à la brosse,
J'arrondis ma cambrure de gutta, d'abord avec le tranchet,
je l'unis avec la lime ronde et je la polis avec la brosse et
le machinoir en os. Je lime les pitons de gutta comme je
viens de l'indiquer, et je termine comme précédemment
(*dessin* et *Légende*, figure 10).

Droits et priviléges.

Ayant ainsi décrit l'*article quatrième* de la fabrication,
je vais faire connaître les points essentiels que nous avons
entendu faire breveter, et pour lesquels je revendique le
privilége exclusif. Ce sont:

D'abord l'*ensemble* de mon procédé de fabrication, tel que
je viens de le détailler; et en particulier:

1o Ma manière de préparer ma semelle brute en gutta-
percha destinée à recevoir la semelle en cuir et former les
pitons, soit que je la laisse épaisse pour former la lice des
chaussures fortes, soit que je l'amincisse jusqu'aux bords
pour les chaussures minces, soit enfin que je ne la diminue
que jusqu'à la naissance de la cambrure pour recevoir les
demi-semelles ou patins en cuir.

2o La préparation de mes semelles ou patins en cuir,
percés à l'emporte-pièce, indiqués *dessin* et *Légende*, figure
1re, A, B; et ci-dessus, article 4.

3o Le système que j'ai établi pour fixer ces semelles ou

patins en cuir sur les semelles en gutta-percha, soit que
je les soude simplement sur la semelle brute en gutta-percha
qui forme les pitons, soit que je les soude préalablement
à la plaque mince de gutta-percha qui forme les pitons
(voir la fabrication ci-dessus).

ARTICLE CINQUIÈME.

Chaussure clouée, semelle et talon en gutta-percha à double semelle
ou patin en cuir, cloué ou vissé.

Je ne donnererai qu'un court détail sur cette chaussure,
qui ne diffère de la chaussure clouée ou vissée susmention-
née dans l'article de la confection (voir *dessin* et *Légende*),
figures 5 et 6) que par le patin ou double semelle en cuir
clouée ou vissée sur la semelle extérieure en gutta-percha.

Confection.

Lorsque le soulier est arrivé à son troisième point de
fabrication, c'est-à-dire lorsque la semelle extérieure en
gutta-percha vient d'être soudée (chap. V, article 2, et
figure 2, A), je la redresse, je forme l'épaisseur de la lice,
je la lime, ensuite je trace avec le compas la largeur de la côte
que je taille en talus avec le tranchet, et je la lime bien droit.
Ensuite, avec la plane, je diminue l'épaisseur de la semelle
sur sa surface jusqu'au trait indiqué par le compas. J'arrondis
la cambrure avec le tranchet, je la lime avec une lime ronde,
et je la polis avec la brosse et le machinoir en os (article
1er, 4e *point*).

Je pose tout autour de ma semelle en gutta-percha une
rangée de vis ou une ou deux rangées de chevilles, comme

il est dit à l'article 2 de la confection (figures 5 et 6, E et
D).

Cette opération terminée, je lime uniment les têtes des
pointes ou des vis qui se trouvent à la cambrure ou autour
de la côte de la semelle ; et je râpe la surface de la semelle,
mais seulement sur le devant, à partir de la naissance de la
cambrure, et jusqu'au bord de la côte de la lice.

Je prends un patin ou demi-semelle en cuir préparée
(*dessin* et *Légende*, figure 13), je la chauffe légèrement ainsi
que la surface râpée du soulier, et je les soude ensemble,
avec la précaution de mettre un morceau de cuir sur la partie
de la cambrure en gutta-percha, pour la garantir du contact
de la chaleur. Je laisse refroidir. Ensuite, je pose une rangée
de vis ou chevilles autour du patin ou demi-semelle en cuir,
ainsi que sur la partie qui traverse la cambrure. Je les lime,
je redresse au tranchet la lice du patin, et j'unis sa surface
à l'aide du verre et du papier à verre.

Ensuite, je soude le talon en gutta-percha, et je termine
le soulier avec la lime et la brosse, comme les chaussures
précédentes.

Droits et priviléges.

La partie que nous avons entendu faire breveter dans
cette chaussure, et pour laquelle je réclame le privilége
exclusif, consiste seulement dans l'application du patin en
cuir, soudé sur le soulier par le procédé que je viens d'indiquer.

ARTICLE SIXIÈME.

Chaussure tout en gutta-percha.

Confection.

Je prends une plaque mince de gutta-percha, qui doit servir de première semelle, je la ramollis en la plongeant dans l'eau bouillante ; je la dépose aussitôt sur le plat de la forme, sur laquelle elle s'adapte parfaitement. Avec un fer à repasser, je l'étends pour lui en faire prendre tous les contours, et je laisse refroidir. Après cela, je coupe avec le tranchet ce qui dépasse la carre de la forme ; je taille en sifflet ses bords extérieurs, et je les râpe tout autour sur un centimètre environ de largeur.

Je prends ensuite une plaque mince de gutta-percha pour former mon empeigne. Je la plonge un instant dans l'eau bouillante, et je la dépose ensuite sur une plaque de fer-blanc poli. Je l'étends bien sur toute sa surface avec un rouleau ou simplement avec une bouteille bien fine. La gutta s'amincit selon qu'on le désire. Une fois refroidie, elle a pris le brillant et le poli de la plaque de fer-blanc battu. Mon empeigne ainsi préparée, je la monte sur la forme où j'ai préalablement fixé ma première semelle en gutta-percha. Je pose en même temps le quartier en gutta, coupé comme pour un soulier lacé. Je fixe le tout sur la *première*, au moyen de clous ; ensuite, je passe une lame en fer, chauffée légèrement, sous les bords de la partie du quartier qui viennent s'ajuster au-dessus de l'empeigne. Aussitôt qu'ils sont un peu ramollis, je les soude en appuyant légèrement avec un fer à repasser froid ; et j'y passe un fer à piqûres ainsi qu'une roulette, pour imiter la piqûre.

Ensuite, pour rendre adhérents les bords de l'empeigne à la première semelle en gutta-percha, je passe au-dessous de ses bords renversés et tout autour la lame en fer légèrement chauffée, et je les soude ensemble avec le marteau. Je laisse refroidir ; après quoi je râpe la surface de la *première* en gutta, ainsi que les bords de l'empeigne. Je présente au feu une plaque de gutta-percha râpée qui doit servir de semelle extérieure ; je la chauffe comme je l'ai indiqué chapitre 5, article 1er, 3e *point de la confection*. Je chauffe en même temps le dessous du soulier ainsi que les bords de l'empeigne avec une mailloche chaude qui je promène légèrement sur toute sa surface, et j'applique immédiatement dessus la semelle extérieure de gutta, et je les soude ensemble. J'unis la cambrure avec la tête du marteau, et le dessous de la semelle avec un fer à repasser froid. Je coupe avec les ciseaux la gutta qui dépasse la carre de la forme, et je soude le talon par les mêmes moyens indiqués (voir *dessin* et *Légende*, figure 2, A, B ; et chapitre V, article 1er, 3e *point*).

Le soulier refroidi, je redresse la semelle et le talon avec le tranchet, je forme la lice, j'égalise le dessous de la semelle avec la plane, j'arrondis la cambrure avec le tranchet, et je termine le soulier avec la lime et la brosse comme le précédent (voir chap. V, article 1er, 4e *point de la confection*).

Cette chaussure tout en gutta-percha a la faculté d'être extrêmement légère et peut être adoptée avec avantage par les gens qui travaillent dans les usines où il y a des acides et de l'humidité, tels que teinturiers, papetiers, et notamment dans les usines de produits chimiques.

Droits et priviléges.

Ayant ainsi décrit l'*article sixième* de la confection, je vais faire connaître quels sont les points essentiels que nous avons entendu faire breveter et pour lesquels je réclame le privilége exclusif. Ce sont :

D'abord l'*ensemble* de la confection de cette chaussure, et en particulier :

1º Manière de préparer ma première semelle en gutta-percha que j'adapte sur la forme, et qui est destinée à former adhérence avec les bords de l'empeigne ;

2º Mon mode de préparation de l'empeigne en gutta-percha, au moyen de la plaque en fer-blanc battu ;

3º Ma manière de fixer et souder le quartier et l'empeigne en gutta-percha par leurs bords à la première semelle ;

4º Ma manière de souder le soulier à la semelle extérieure.

ARTICLE SEPTIÈME.

Chaussure en gutta-percha pour empeigne doublée en peau et semelle en bois.

Confection.

J'applique sur la forme l'empeigne de gutta, pour lui faire prendre la tournure du pied : ensuite, je prends une semelle en bois pour faire autour d'elle une rainure d'à peu près un centimètre de longueur et d'un demi-centimètre de profondeur.

4

Cela fini, j'applique l'empeigne sur les côtés de la semelle : je cloue une bande en cuir d'un centimètre de large tout autour sur l'empeigne, de manière que la bande tombe juste sur la rainure. Alors, je fais retourner l'empeigne en gutta-percha, je la soude avec un fer chaud à elle-même, en sorte que la bande de cuir soit enveloppée.

On termine comme à l'ordinaire au tranchet, à la lime et à la brosse.

Cette chaussure remplace avec avantage les galoches et les sabots.

Droits et priviléges.

Les points essentiels que nous avons entendu faire breveter dans cette chaussure sont les suivants :

D'abord l'*ensemble* de la fabrication, et en particulier :

La manière d'attacher l'empeigne de gutta-percha sur la semelle en bois, au moyen d'une bande de cuir qui la fixe dans la rainure de la semelle, et qui se trouve prise sous les bords de l'empeigne qui se renverse et vient se souder à elle-même.

ARTICLE HUITIÈME.

De l'imperméabilité des empeignes.

J'ai représenté dans le dessin, par la figure 7, une botte de chasse dont la tige est rendue entièrement imperméable par la dissolution de gutta-percha chaude. J'ai représenté, par la figure 8, un brodequin à la provençale, et, par la figure 12, une grande botte pour la chasse au marais, dont les tiges sont également rendues imperméables.

J'ai décrit et suffisamment détaillé dans la *Légende* les moyens que j'emploie pour obtenir cette imperméabilité. Je ne m'étendrai donc pas longuement ici sur ce sujet, ces trois chaussures étant fabriquées par le procédé indiqué dans l'article 1er du chapitre V. Ce n'est donc pas de leur confection que je vais parler, mais seulement de la préparation de leurs tiges.

Confection.

Imperméabilisation des empeignes.

Je prends la tige ou empeigne ; je la râpe parfaitement sur toute sa surface intérieure qui doit être en contact avec le pied, afin de la rendre veloutée ; et je l'enduis partout, sur la surface râpée, avec une dissolution de gutta-percha chaude, chapitre V, article 1er, 1er *point*.

Si je veux doubler ces empeignes ainsi préparées, je râpe la doublure, je passe également sur sa surface râpée une pareille couche de dissolution de gutta-percha, et je laisse sécher le tout. Ensuite, je présente au feu la doublure et le dessus, je les chauffe légèrement et je soude ensemble les deux faces enduites, en les étendant sur une table ou toute autre surface unie, et faisant glisser partout avec effort la patte du marteau.

Si je ne double pas l'empeigne, je remplace cette doublure par une seconde couche de dissolution de gutta-percha que j'applique sur la face déjà enduite, mais après que la première est bien séchée.

Si je ne veux rendre imperméables que certaines parties

de la tige, je me contente de râper ces parties, et je les passe
à la dissolution, comme il est dit ci-dessus.

Droits et priviléges.

Je ferai remarquer que ce n'est pas la *dissolution* proprement dite de gutta-percha que nous avons entendu faire
breveter et pour laquelle je revendique le privilége exclusif,
mais seulement son application pour imperméabiliser les
empeignes par la manière indiquée ci-dessus.

CHAPITRE SIXIÈME.

CONCLUSION.

Développement sur les procédés de fabrication, et dissertation sur la gutta-percha.

D'après tout ce que j'ai dit jusqu'ici sur ma chaussure et sur mon système de fabrication, il est aisé de voir combien je m'éloigne des procédés connus, et combien moins est fatigant le travail de l'ouvrier pour arriver à un résultat bien supérieur à celui qu'on obtient par les procédés ordinaires.

Mon intention n'est point de faire ici la critique des chaussures cousues ou clouées. Il importe cependant que j'en signale les principaux inconvénients, afin de bien faire ressortir les avantages qu'offre mon système de fabrication.

Les chaussures *cousues* ont été jusqu'ici rarement solides, et jamais elles n'ont été imperméables, parce que l'humidité pénètre à travers les semelles en cuir, et surtout à travers les trous des coutures.

Les chaussures *clouées* ou *vissées,* tout en apportant plus de solidité, n'ont pas pour cela résolu le problème de l'imperméabilité. Elles ont l'inconvénient d'être lourdes et désagréables à la marche, parce que les semelles sont excessivement roides à cause des pointes qui, étant rapprochées les unes des autres, enclavent l'empeigne entre la semelle intérieure et la semelle extérieure, ce qui empêche le ploiement du pied.

La chaussure en *caoutchouc* a apporté l'imperméabilité, il est vrai ; mais elle a un défaut insurmontable : celui d'être lourde, froide, et d'attirer la transpiration en comprimant et en renfermant entièrement le pied, qui se trouve ainsi privé d'air. De plus, cette chaussure ne saurait être gracieuse, attendu qu'il faut la porter sur une autre chaussure.

Il devient indispensable que je signale ici un autre fait. Dans les chaussures ordinaires, dont les semelles ne sont retenues que sur les bords de l'empeigne par la couture, les clous ou les vices, le milieu de la semelle, qui n'est tenu par rien, vacille, oblige par cet effet la couture à se rompre, et, les fils une fois rompus et les semelles percées, l'eau pénètre à travers, et la chaussure se déforme et dépérit. Par mon procédé de fabrication, je remédie à tous ces inconvénients. J'ai obtenu par mon travail une solidité indestructible. Dans mes chaussures, en effet, les semelles, soit qu'elles soient en gutta-percha ou en cuir, ou bien en gutta-percha et cuir, sont soudées sur toute leur surface, et ne peuvent, dès-lors, ni vaciller ni remuer ; il est donc tout à fait impossible qu'elles puissent se détacher de l'empeigne.

Les *talons* des chaussures ordinaires, formés de plusieurs morceaux de cuirs, se détériorent à l'humidité, et périssent aussi par les coutures.

Mes talons en gutta-percha, au contraire, moulés d'une seule pièce, et attachés aux souliers par la soudure et les pitons de gutta qui traversent l'empeigne, résistent à tout.

Quant à l'imperméabilité de mes chaussures, il n'est pas possible de la révoquer en doute. La gutta-percha que j'emploie pour semelles et talons, par l'effet de la soudure avec le cuir, ferme tout passage à l'humidité et à l'eau. Voilà pour le dessous du soulier. — D'un autre côté, les empeignes, étant en cuir ou en étoffe, ne provoquent point la transpiration, attendu que l'air peut les pénétrer et arriver jusqu'aux pieds, l'imperméabilité n'existant qu'au-dessous de la semelle et par côté, à la jonction de la semelle avec l'empeigne. J'ai en outre l'avantage d'imperméabiliser mes empeignes en totalité ou en partie, selon que le consommateur l'exige. Mes bottes et mes souliers de chasse sont aussi rendus imperméables par une dissolution de gutta-percha, et résistent à l'humidité autant que celles en caoutchouc.

Il y a une chose bien digne de remarque : c'est que l'humidité aux pieds étant une cause de bien des maladies, la chaussure en gutta-percha est essentiellement hygiénique. Et en voici la raison : aussitôt qu'on marche dans l'eau avec la chaussure ordinaire, les semelles en cuir pompent l'humidité, et comme on ne peut changer à chaque instant de chaussures, par la raison qu'on est souvent loin de chez soi quand on est surpris par une averse, on est contraint de garder sous la plante des pieds un principe d'humidité toujours fort nuisible à la santé. Or il y a plus. Il est rare que tout individu, après une marche un peu longue, n'éprouve pas un peu de transpiration aux pieds ; il en est même qui transpirent beaucoup. Si donc en pareille circonstance on est surpris par la pluie, ou si, par inadvertance, on met le pied dans l'eau ou dans la boue, l'humidité, s'infiltrant à travers les pores du cuir et encore plus à travers les coutures, vient arrêter cette transpiration, souvent nécessaire à la santé.

Avec la chaussure en gutta-percha, aucun de ces inconvénients n'est à redouter ; et c'est principalement à cause de cela qu'elle peut être appelée, à juste titre, *chaussure de santé*. Restât-on en effet les pieds dans la boue et dans l'eau, les semelles et les talons en gutta-percha n'en demeurent pas moins secs ; ils résistent à toute humidité. On peut avoir à l'intérieur du soulier les pieds humides par la transpiration, et marcher dans la boue sans avoir à redouter le moindre accident.

Les chaussures lourdes sont une cause de fatigue pour le piéton, et provoquent en outre la transpiration ; et les semelles en cuir, en pompant l'humidité, les rendent encore plus lourdes, ce qui est fort incommode. Avec la gutta-per-cha, corps très-léger qui repousse l'humidité par sa nature même, on est totalement à l'abri d'un pareil inconvénient.

Pour ce qui est de l'usage ou de la durée des chaussures, il est bien aisé de démontrer la supériorité des semelles en gutta-percha sur celles en cuir. L'expérience de trois années nous a prouvé qu'à pareille épaisseur la gutta-percha dure bien davantage. La gutta-percha jouit d'une faculté qu'on ne rencontrera jamais dans le cuir. Ainsi, que l'on veuile, par exemple, faire des chaussures à double semelle pour la chasse ou pour la ville : avec le cuir on est obligé de mettre plusieurs semelles que l'on attache ensemble par la couture ou les clous, ce qui les rend extrêmement lourdes. De plus, l'intérieur de ces fortes chaussures est garni avec des morceaux de mauvais cuir, qui pompent encore plus facilement l'humidité ; et, une fois humides, quel temps ne faut-il pas pour les sécher? Et pour l'usage, quelle différence y a-t-il avec la chaussure qui n'a qu'une seule semelle? Presque point, attendu qu'on ne peut pas mettre la semelle plus forte que ne l'est la peau de la bête. Voilà pourquoi, je le répète, les souliers à double ou à triple semelle ne sont pas appelés à faire beaucoup plus d'usage que les souliers à une seule semelle. Avec la gutta-percha, c'est bien différent : si l'on fait un soulier à semelle très-épaisse, il n'en a pas moins une très-grande légèreté ; et, comme la semelle est formée d'une seule pièce, et que l'usure se mesure à l'importance de son épaisseur, un soulier à *double semelle*, ou mieux à *forte* semelle en gutta, dure deux tiers de fois plus qu'un soulier mince. Dans le soulier fort en cuir, il suffit d'user la semelle extérieure qui touche le sol pour que le soulier soit usé ; le reste ne sert plus à rien. Tandis que la forte semelle en gutta-percha, il faut l'user entièrement jusqu'à l'empeigne, et encore même elle résiste, parce que la *première* semelle intérieure, qui est soudée au-dessus de l'empeigne, ne forme plus qu'un même corps avec elle.

Une autre chose *importante* que je tiens à signaler, c'est que les souliers en cuir, une fois percés et usés, ne servent plus à rien; on les jette. Ma chaussure, à moi, au contraire, a ce double avantage qu'une fois usée au point de ne pouvoir plus servir, elle sert encore à quelque chose : ses vieilles semelles et ses talons en gutta-percha peuvent se refondre et servir à la confection de nouvelles chaussures.

On m'objectera peut-être que les semelles en gutta-percha sont susceptibles de se ramollir au contact du feu. Je n'ai pas la prétention de soutenir le contraire, attendu que ce n'est que par le feu même que je puis la travailler pour l'appliquer à mes chaussures. Mais je répondrai à cela : Si les semelles des chaussures ne conservent point des principes d'humidité, on peut presque se dispenser de se chauffer les pieds. Du reste, avec les chaussures en gutta-percha, pourvu que l'on se tienne à une certaine distance du feu, on peut se chauffer parfaitement les pieds sans craindre aucun inconvénient. Et si, dans tous les cas, une semelle de gutta venait à se ramollir, cela ne porterait aucun préjudice à la solidité de la chaussure, et il serait très-facile de remédier à cet inconvénient. Tandis que si l'on chauffe un peu trop les semelles en cuir, elles se brûlent, et l'on est obligé de les faire remplacer.

Je termine en disant que je crois avoir trouvé par mon procédé le moyen d'être agréable à l'ouvrier cordonnier, en ce que j'ai considérablement modifié son outillage. Le public ignore toutes les fatigues de corps et d'esprit de l'ouvrier cordonnier qui fabrique par les procédés ordinaires. Par mon système, il travaille sans fatigue aucune, développe son intelligence, obtient un beau travail, et peut être classé au rang des modeleurs et des sculpteurs.

TABLE DES MATIÈRES.

PREMIÈRE PARTIE.

LÉGENDE EXPLICATIVE DES DESSINS CI-ANNEXÉS.

DEUXIÈME PARTIE.

DE LA CONFECTION DES CHAUSSURES.

CONCLUSION.

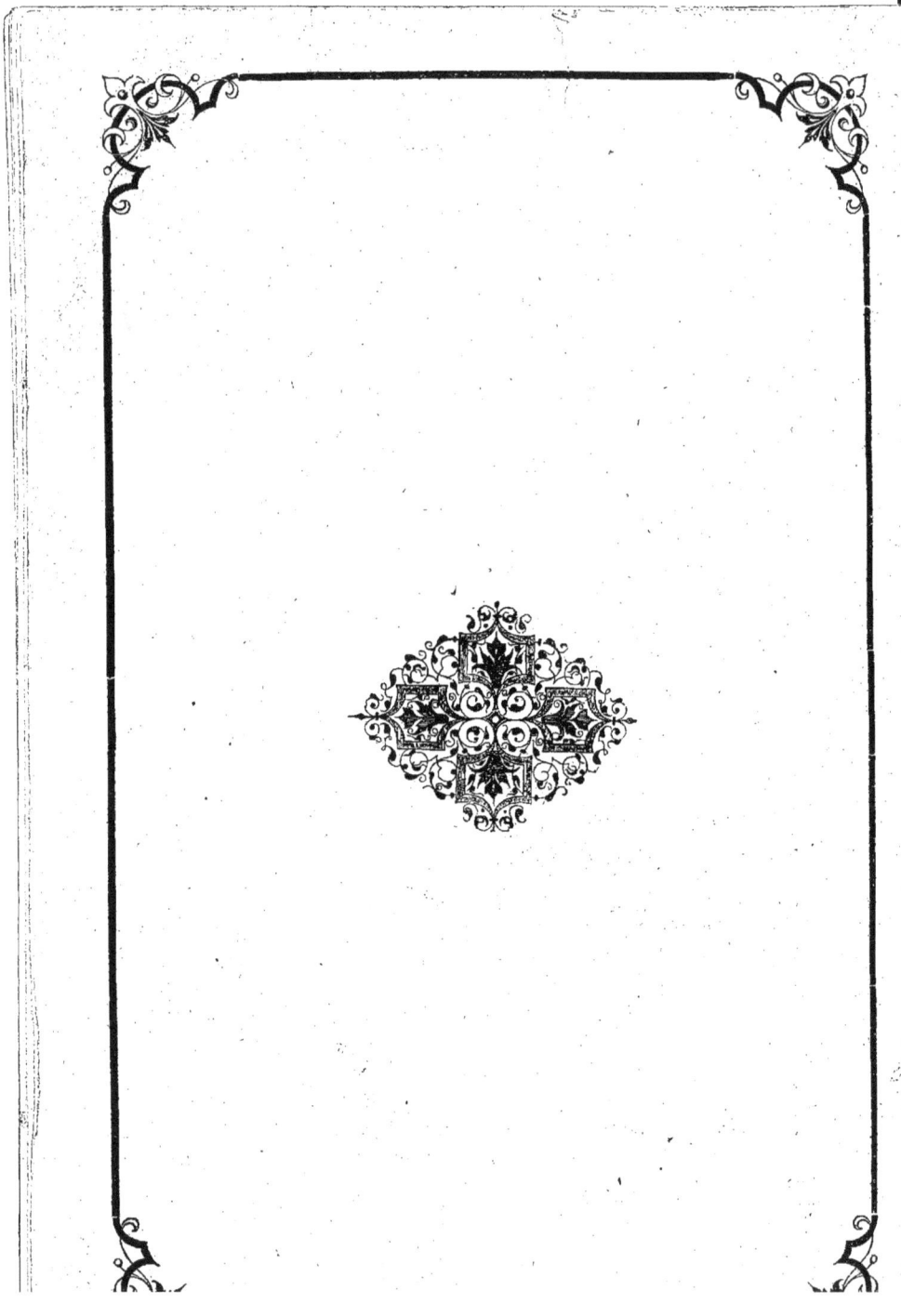

www.ingramcontent.com/pod-product-compliance
Lightning Source LLC
Chambersburg PA
CBHW071249210626
46818CB00013B/631